VENTE
Du Jeudi 1er Juin
1899
HOTEL DROUOT
Salle n° 10
A 2 HEURES 1/2

Tableaux Militaires

PAR

HENRY DUPRAY

Me PAUL CHEVALLIER
10, rue de la Grange-Batelière, 10

M. GEORGES PETIT
12, rue Godot-de-Mauroi, 12

CATALOGUE

DES

TABLEAUX MILITAIRES

PAR

HENRY DUPRAY

Médaille de 3me classe, Salon de 1872
Médaille de 2me classe, Salon de 1874

HORS CONCOURS

Chevalier de la Légion d'Honneur, Exposition Universelle de 1878

APPARTENANT A M. J. W...

ET DONT LA VENTE AURA LIEU

HOTEL DROUOT, SALLE N° 10

Le Jeudi 1er Juin 1899

à 2 heures 1/2

COMMISSAIRE-PRISEUR	EXPERT
Mᵉ Paul CHEVALLIER	**M. Georges PETIT**
10, rue Grange-Batelière, 10	12, rue Godot-de-Mauroi, 12

EXPOSITIONS

PARTICULIÈRE : *Le Mercredi 31 Mai 1899, de 1 h. 1/2 à 5 h. 1/2*

PUBLIQUE : *Le Jeudi 1er Juin 1899, de 1 h. 1/2 à 2 h. 1/2*

N.-B. — Le présent Catalogue servira de carte d'entrée à
l'Exposition particulière.

CONDITIONS DE LA VENTE

Elle sera faite au comptant.

Les acquéreurs paieront *cinq pour cent* en sus des prix d'adjudication.

PARIS. — IMPRIMERIE GEORGES PETIT. — 7917-99.

PRÉFACE

UN PEINTRE MILITAIRE

Dans une nation où tout le monde doit passer par l'armée, la peinture militaire emprunte une importance toute spéciale, et le nombre est grand des artistes qui se sentent attirés vers l'interprétation de scènes dont l'armée fournit les acteurs à tous les degrés de la hiérarchie. Peu d'années après la guerre, nous avons eu une magnifique renaissance de cette peinture, qui impressionne si violemment le public et lui demande la meilleure et la plus haute part de son émotion.

Parmi les artistes qui contribuèrent le plus vaillamment à cette renaissance, il convient de citer en première ligne Henry Dupray, et le moment est sans doute venu de dire — ou mieux de redire — ce que fut son œuvre et son effort, au moment où une cinquantaine de tableaux de lui vont être dispersés aux enchères.

Je ne connais pas de carrière qui, plus que la sienne, soit digne de fixer l'attention. Dès son début, Henry Dupray vit le succès lui sourire; ses premiers tableaux militaires le mirent en vue, et, pendant plusieurs années, les visiteurs du Salon firent de longues stations devant ses envois : il était de ceux dont on voulait voir les toiles; on se répétait, avant l'ouverture, le titre de ses œuvres nouvelles, et, lorsque le Salon était fermé, on les rappelait avec un éloge qui, pour être très enthousiaste, n'en était pas, cependant, moins justement mérité. Lorsque le peintre se vit décerner, en 1872 et 1874, des médailles de troisième et de deuxième classe, qui lui valurent le droit au Hors-Concours envié de tous les exposants; lorsque, après l'Exposition Universelle de 1878, il reçut la croix de chevalier de la Légion d'Honneur, il y eut dans le public des applaudissements unanimes. Dupray avait le talent ; il eut, presque sans y songer, la vogue la plus éclatante et la plus justifiée.

Puis, voici qu'un moment on n'entendit plus parler de lui. Il travaillait pourtant avec un acharnement surprenant, s'attachant avec une volonté inflexible et un talent sans faiblesse à des œuvres de longue haleine, telles les grandes pages que l'Etat lui a commandées pour la mairie de Vincennes; n'ayant d'attention que pour son art; sans souci de la petite et vaine politique d'intérêts individuels, dont l'organisme des sociétés exige qu'on tienne compte : le destin capricieux lui tint rigueur de cette attitude, et l'oubli se fit sur son nom.

Il suffira, cependant, d'examiner les tableaux qui sont ici réunis pour juger si ce silence n'est pas inexplicable. Henry Dupray, dans une infinité de sujets, qui dénotent un esprit attentif à bien observer et une imagination habile à concevoir; Henry Dupray s'est défendu des moyens d'exécution qui eussent pu trahir chez lui un but de reproduction et il est démeuré peintre, peintre essentiellement : nulle sécheresse dans la manière dont il signifie les formes; nulle écriture dans la définition du contour, écriture qui semble toujours une préparation au travail de l'objectif du photograveur et ne permet plus à la couleur d'avoir tout son effet : il faut remarquer, au contraire, dans ses plus petites figures, avec quelle largeur et quelle liberté de pinceau il s'exprime.

La série qui va être soumise aux enchères, et à laquelle le public devra faire bon accueil, a puisé ses sujets à trois sources d'inspiration. Les uns évoquent certaines dates de l'épopée impériale, et mettent en scène, tantôt les brillants états-majors de Napoléon, tantôt des types de la Grande Armée; d'autres s'arrêtent aux heures de l'année sanglante et seront, pour les générations qui ne vinrent qu'après les sombres tragédies et les défaites glorieuses de 1870-1871, des tableaux d'histoire, à la documentation exacte, à l'expression simplement vraie et poignante : les derniers enfin n'ont pas d'autres visées que de nous raconter les minutes de la vie militaire, retour de revue, travail de l'exercice et des manœuvres, épisodes que chacun de nous a vécus, et où Courteline trouverait motif à quelques-uns de ces chapitres de joviale observation, qui promènent le rire, un rire bien gaulois, à travers les *Gaîtés de l'escadron.*

Et qu'on ne s'y trompe pas, c'est dans ces tableaux que plus tard les historiens devront venir chercher le renseignement technique sur l'uniforme de l'armée : Henry Dupray, qui semble peindre tout ces tableaux en se jouant, n'est pas qu'un artiste adroit à composer et doué d'un sentiment juste de la couleur ; c'est également un érudit qui possède à fond " son costume " ; l'information auprès de lui est toujours certaine.

Il me semble que c'était faire œuvre d'équité que de tirer de l'ombre où il se tenait cet artiste de mérite, pour qui le silence doit être d'autant plus pénible, qu'il connut l'éclat d'un succès peut-être hâtif ; et il suffira d'avoir indiqué cette anomalie d'une fortune, fugitive et inconstante comme le hasard, pour que le public revienne à un talent si sympathique, aussi bien par goût que par esprit de justice.

L. ROGER-MILÈS.

DÉSIGNATION

---

1 — *Épisode de la bataille de Champigny (30 Novembre 1870).*

Attaque du plateau de Villiers par le 4ᵉ zouaves.

Toile. |Haut., 46 cent.; larg., 61 cent.

2 — *Retour de la Revue de Longchamps.*

Au centre, le général Billot, ministre de la guerre ; à sa gauche, les généraux Saussier et Gonse ; à sa droite, le général de Boisdeffre. Derrière, grand état-major, escorte.

Toile. Haut., 41 cent. ; larg., 33 cent.

3 — *Après la Revue du 14 Juillet.*

Le maréchal de Mac-Mahon, ayant à sa droite le général Ladmirault et à sa gauche le général du Barail, débouche du Bois de Boulogne, suivi de son état-major et des officiers étrangers.

Toile. Haut., 41 cent.; larg., 33 cent.

4 — Rencontre d'éclaireurs allemands et de cavaliers français. Hussards prussiens et chasseurs à cheval.

Toile. Haut., 38 cent.; larg., 56 cent.

5 — Entrevue d'Erfurt. Napoléon présentant sa garde à Alexandre Ier.

Toile. Haut., 38 cent. ; larg., 55 cent.

6 — Austerlitz.

Le maréchal Bessière donnant ordre à la cavalerie de se porter en avant.

Toile. Haut., 33 cent.; larg., 41 cent.

7 — Wagram (1809).

Grande batterie de la Garde.

Toile. Haut., 41 cent.; larg., 33 cent.

8 — Mort du Prince Louis de Prusse, la veille d'Iéna.

Toile. Haut., 41 cent. ; larg., 33 cent.

9 — Aux grandes manœuvres, après la bataille.

Toile. Haut., 33 cent.; larg., 41 cent.

10 — *L'Interrogatoire.*

Dragons allemands faits prisonniers pendant une reconnaissance de brigade.

Toile. Haut., 33 cent.; larg., 41 cent.

11 — *Cavaliers d'escorte faisant voir les che-*
vaux d'état-major.

Dragons premier Empire.

Toile. Haut., 41 cent. ; larg., 33 cent.

12 — *La Zône dangereuse. (Siège de Paris,*
1870.)

Toile. Haut., 41 cent. ; larg., 33 cent.

13 — *Convoi de prisonniers prussiens. (Siège*
de Paris, 1870.)

Toile. Haut., 33 cent.; larg., 41 cent.

14 — *Les Généraux Jourdan et Marceau, à*
l'armée de Sambre-et-Meuse (1793).

Toile. Haut., 33 cent.; larg., 41 cent.

15 — *Le Guide.*

> 13ᵉ régiment de grosse cavalerie (1795), ancien régiment d'Orléans-Cavalerie.

> Toile. Haut., 41 cent.; larg., 33 cent.

16 — *Passage du gué. Hussard de Chambaraud (1795).*

> Toile. Haut., 41 cent. ; larg., 33 cent.

17 — *Officier d'ordonnance de Napoléon, transmettant des ordres à un aide de camp du major général Berthier.*

> Toile. Haut., 41 cent.; larg., 33 cent.

18 — *A Bagatelle, avant la revue.*

> Toile. Haut., 33 cent.; larg., 41 cent.

19 — *La Corvée d'eau au bivouac. (Siège de Paris.)*

> Toile. Haut., 33 cent.; larg., 41 cent.

20 — *Les Guides de la Garde impériale, se préparant à quitter l'École Militaire pour aller prendre la garde aux Tuileries.*

Toile. Haut., 41 cent. ; larg., 33 cent.

21 — *Un Parlementaire aux avant-postes allemands. (Siège de Paris, 1870.)*

Toile. Haut., 41 cent. ; larg., 33 cent.

22 — *Les Officiers étrangers aux grandes manœuvres.*

Panneau. Haut., 31 cent. ; larg., 42 cent.

23 — *Retour de la classe.*

Panneau. Haut., 33 cent.; larg., 41 cent.

24 — *Maréchal de France, entouré de son état-major, recevant les ordres de l'Empereur, avant la bataille.*

Panneau. Haut., 23 cent.; larg., 31 cent.

25 — *Le Maréchal Bessières, commandant la cavalerie de la Garde, défile devant l'Empereur.*

Panneau. Haut., 3o cent. ; larg., 22 cent.

26 — *Batterie d'artillerie, attaquant un village aux environs de Paris (1870).*

Panneau. Haut., 27 cent.; larg., 35 cent.

27 — *Un Incident avant l'attaque, 9ᵉ hussards. Premier Empire (1809).*

Haut., 35 cent.; larg., 27 cent.

28 — *La Rentrée au cantonnement, grandes manœuvres d'automne.*

Panneau. Haut., 35 cent.; larg., 26 cent.

29 —- *L'École des tambours, sur les glacis des fortifications.*

Toile. Haut., 27 cent.; larg., 35 cent.

3o — *Quartier général improvisé (1870).*

Toile. Haut., 27 cent., larg., 35 cent.

31 — *L'Apéritif.*

Infirmiers et soldats du train et d'adminis-
tration, avant 1870.

Panneau. Haut., 27 cent., larg., 35 cent.

**32 — *Troupe en réserve. (Siège de Paris
1870.)***

Haut., 46 cent. ; larg., 38 cent.

33 — *Officiers des guides du Premier Consul.*

Toile. Haut., 41 cent. ; larg., 33 cent.

**34 — *Dragons de l'Impératrice, Garde impé-
riale.***

Toile. Haut., 41 cent. ; larg., 33 cent.

**35 — *Avant-garde d'un régiment de lanciers
en route. Second Empire (1860).***

Toile. Haut., 33 cent. ; larg., 46 cent.

36 — *Arbitre aux grandes manœuvres.*

Toile. Haut., 30 cent. ; larg., 39 cent.

37 — *Maréchal de France, premier Empire, attendant les ordres d'attaque.*

Toile. Haut., 41 cent.; larg., 33 cent.

38 — *La garde de l'étendard. Hussards, tenue de 1872 à 1889.*

Toile. Haut., 41 cent.; larg., 33 cent.

59 — *Le Billet de logement. Les hôtes du curé, officiers de dragons (1808).*

Toile. Haut., 41 cent.; larg., 33 cent.

40 — *Arrivée à l'étape. 9ᵉ hussards (1845).*

Panneau. Haut., 41 cent., larg., 33 cent.

41 — *En route pour la nouvelle garnison, chasseurs à cheval. Second Empire.*

Toile. Haut., 41 cent.; larg., 33 cent.

42 — *Après le défilé, hussards. Second Empire.*

Toile. Haut., 41 cent.; larg., 33 cent.

43 — *En tirailleurs.*

Toile. Haut., 33 cent. ; larg., 41 cent.

44 — *Une grave affaire.*

Toile. Haut., 33 cent.; larg., 41 cent.